ISBN 978-2-211-21011-9

© 2012, l'école des loisirs, Paris, pour la présente édition
dans la collection « Animax »
© 2002, l'école des loisirs, Paris
Loi numéro 49 956 du 16 juillet 1949 sur les publications
destinées à la jeunesse : octobre 2002
Dépôt légal : novembre 2012
Imprimé en France par Clerc à Saint-Amand-Montrond

CLAUDE PONTI

Schmélele et l'Eugénie des Larmes

l'école des loisirs
11, rue de Sèvres, Paris 6e

« Quand on ouvre une porte, on voit
ce qu'il y a derrière, pas ce qu'il y a dedans. »

Schmélele : prononcer Schmé leu leu
Bâbe : prononcer Bab

Schmélele et ses parents habitent une maison tellement pauvre, que les murs, le toit et les fenêtres sont partis vivre ailleurs.

Seule la porte est restée. Elle s'appelle Bâbe, c'est une amie de Schmélele depuis toujours.
D'un côté de Bâbe, c'est le dedans, là où Schmélele et ses parents peuvent dormir tranquilles.
De l'autre côté, c'est le dehors.

Les parents de Schmélele ont un travail chacun. Le père de Schmélele est taxi, il transporte des gens sur son dos. La mère de Schmélele… … est soigneuse d'Allumignons des Carrefours. C'est au coin d'une rue qu'ils se sont rencontrés et qu'ils se sont aimés d'un seul coup.

Tôt le matin, après le petit déjeuner, les parents de Schmélele partent travailler.

Leurs journées sont longues et fatigantes. À cause de leur travail qui est de plus en plus difficile.

Plus leur travail est difficile, plus ils rétrécissent. Chaque jour, ils deviennent… … plus petits. Et leurs journées deviennent encore plus longues et plus fatigantes. Et ils rétrécissent encore plus.

Ils rétrécissent tellement qu'un soir Schmélele ne les voit plus. Ils ont disparu.

Bâbe est malheureuse. Elle ne veut pas rester là, sans rien faire. Elle s'en va, comme le toit, les murs et les fenêtres.

Et Schmélele la suit. Sinon, il serait trop tout seul dans cette maison qui n'en est plus une.

Sur le trottoir, Schmélele est perdu.
Rien n'est comme avant.

La rue est déserte. Les Allumignons s'envolent,
les passages pour piétons se transforment en pièges…

… et la chaussée est un terrible trou sans fond. Bâbe a tout vu. Elle se jette par-dessus pour faire un pont.

Et une fois sur le trottoir Schmélele s'abrite derrière elle.

Caché derrière Bâbe, Schmélele se sent mieux.

Mais il est triste. Terriblement triste.

Il pleure une grosse larme.

Une seule très grosse larme, énorme et très mouillée.

Et voilà qu'une main en sort et qu'une voix dedans dit : « *Ah la la ! Il était temps !* »

C'est l'Eugénie des Larmes qui apparaît.
Aussitôt après apparaît…

… l'Eugénie du Rire, sa sœur jumelle.
Elles sont inséparables. L'Eugénie des Larmes
dit : « *Nous étions enfermées…*

… dans cette larme depuis si longtemps ! Personne ne voulait la pleurer, elle est si grosse. Pour te remercier, nous allons t'aider. »

« Avant tout, poussons cette très grosse larme énorme et très mouillée de l'autre côté de la porte. Ensuite, je vais rire », dit l'Eugénie du Rire.

L'Eugénie des Larmes crie : « *Pousse, Schmélele, pousse plus fort !* » Schmélele pousse la grosse larme autant qu'il peut. Et l'Eugénie du Rire dit :

« *Voilà, je ris ! Dès que je vois l'Empêcheur, je ris, et ça va le faire fuir ! Mon rire lui fait peur, car il peut détruire n'importe quoi. Et ça me fait rire ! Ça me fait rire !* »

L'Empêcheur bloque la grosse larme avec ses gros pieds têtus et son front de crétindur. Pendant que l'Eugénie du Rire rit, l'Eugénie des Larmes dit : « *Schmélele, voilà ce que tu devras faire ensuite… Tu prendras le bateau pour te sécher, puis tu devras franchir le tunnel des animaux tristes,*

... *saisir la larme du fond du cœur, cueillir l'écaille, t'envoler et enfin planter ce qui doit être planté, et arroser ce qui doit être arrosé.* »

Schmélele pense que ça ne va pas être facile. Bâbe pense la même chose. Soudain, entre les mains de Schmélele, la larme explose.

L'Empêcheur s'enfuit. Les éclats de rire lui crèvent les oreilles, lui trouent le ronbidon poilu et lui percent la peau du grodos velu.

« *Vite, fonçons, fonçons, j'ai encore à rire* », crie l'Eugénie du Rire. « *Vite, séchons, séchons !* » crie l'Eugénie des Larmes. Schmélele saute…

... sur le Bateau-Sèche-Larmes. Aussitôt, il est accroché à un fil avec de grosses larmes mises à séche

comme des mouchoirs. Dès qu'il fera un petit bruit de cloche, il sera sec, et les Eugénie le détacheront.

Une fois sec, Schmélele arrive au tunnel des Animaux Tristes.

Ici, les larmes lourdes et lentes tombent si doucement qu'une Mirmireille peut dormir dessus. Mais elles sont si lourdes que celui sur qui elles tombent y reste prisonnier d'un sommeil…

... glacé sans rêve et sans amour pendant deux mille ans. Heureusement, le tunnel permet de traverser sans trop de risque. Schmélele se dépêche. Il y a encore beaucoup à faire.

Les Eugénie l'ont quitté, mais Bâbe est toujours là. Et Schmélele n'a pas peur.

Schmélele entre dans la Maison-du-Chagrin. C'est une maison qui s'est construite autour…

… d'une petite fille avec les larmes qu'elle pleurait. Une petite fille si malheureuse qu'elle a pleuré toutes les larmes de son corps. Une fois la maison construite, la petite fille est…

... partie. Tout son chagrin était passé dans les murs de la maison. Schmélele attrape la larme du fond du cœur. Elle est plus bleue, plus tendre, plus profonde.

Il la serre contre sa poitrine.
Il fait bien attention de ne pas faire éclater la larme.

Le rire de l'Eugénie démolit la Maison-du-Chagrin. C'est un rire venu de loin. Il arrive que l'Eugénie du Rire rie longtemps à l'avance parce qu'elle sait déjà…

… ce qui sera drôle plus tard. Schmélele s'assoit sur un mur de larmes. Il se souvient qu'il doit encore trouver une écaille.

Il se demande une écaille de quoi. Ou de qui. Bâbe dit que seuls les poissons, les tortues, et les scarabillons ont des écailles…

… et que, justement, il y a une carpe de l'autre côté, là où va le Portenpattes, parmi les gâteaux, les nounours et les bonbons.

Schmélele voit que Bâbe a raison. La carpe est là. Elle s'appelle Hédième. Elle profite du jour, se fait faire des câlins par mille nounours, mange, boit, rêve et s'amuse autant qu'elle peut. La nuit, elle dort.

La carpe Hédième offre une écaille à Schmélele. Elle adore offrir ses écailles, parce qu'elles repoussent en trois minutes à midi et que ça fait un chatouillis frissounnillou sur la peau.

Schmélele prend un sac sur l'arbre à sacs, y range son écaille, sa larme, et continue son chemin.

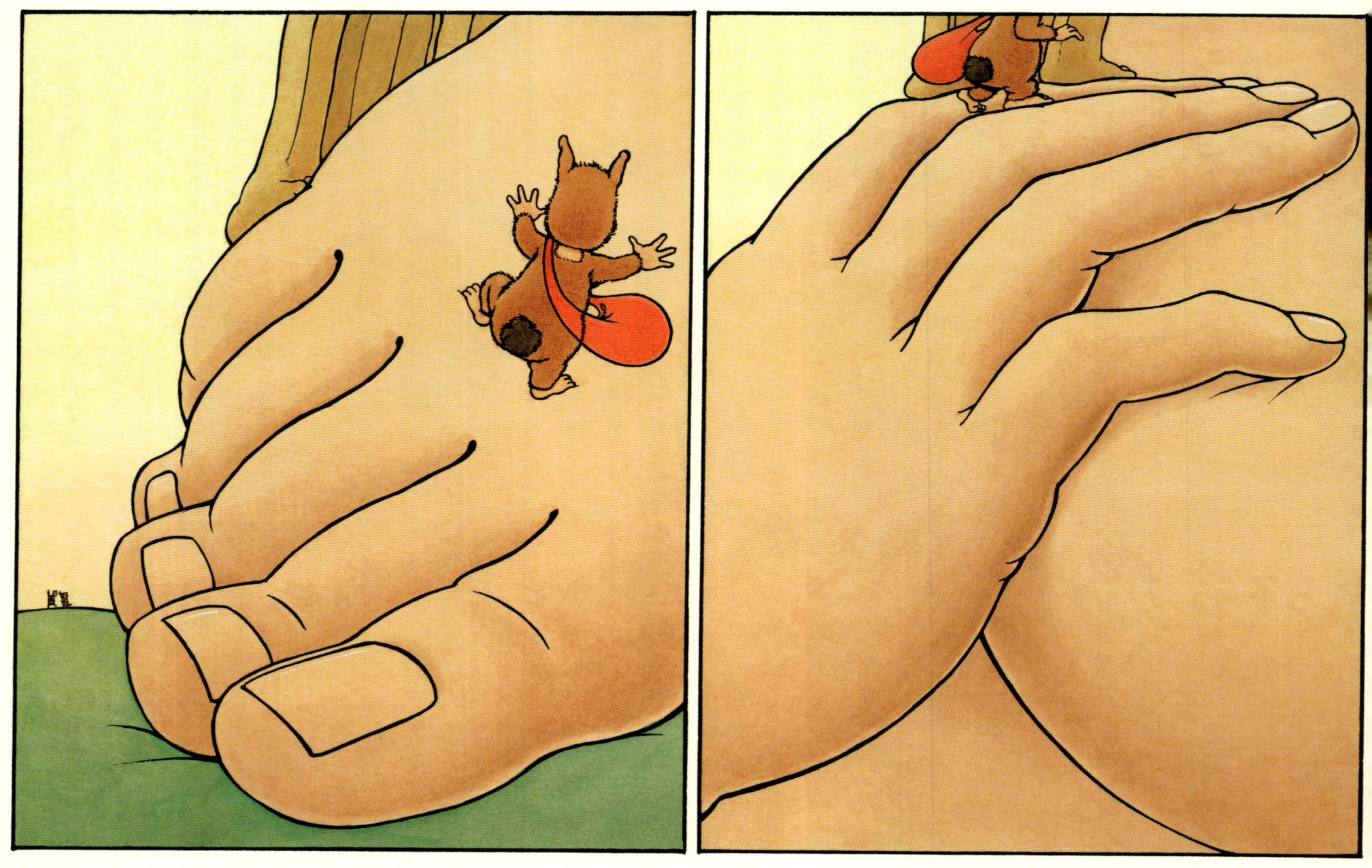

Au pied d'une statue géante, Schmélele décide… … de grimper tout en haut, sur une joue. C'est…

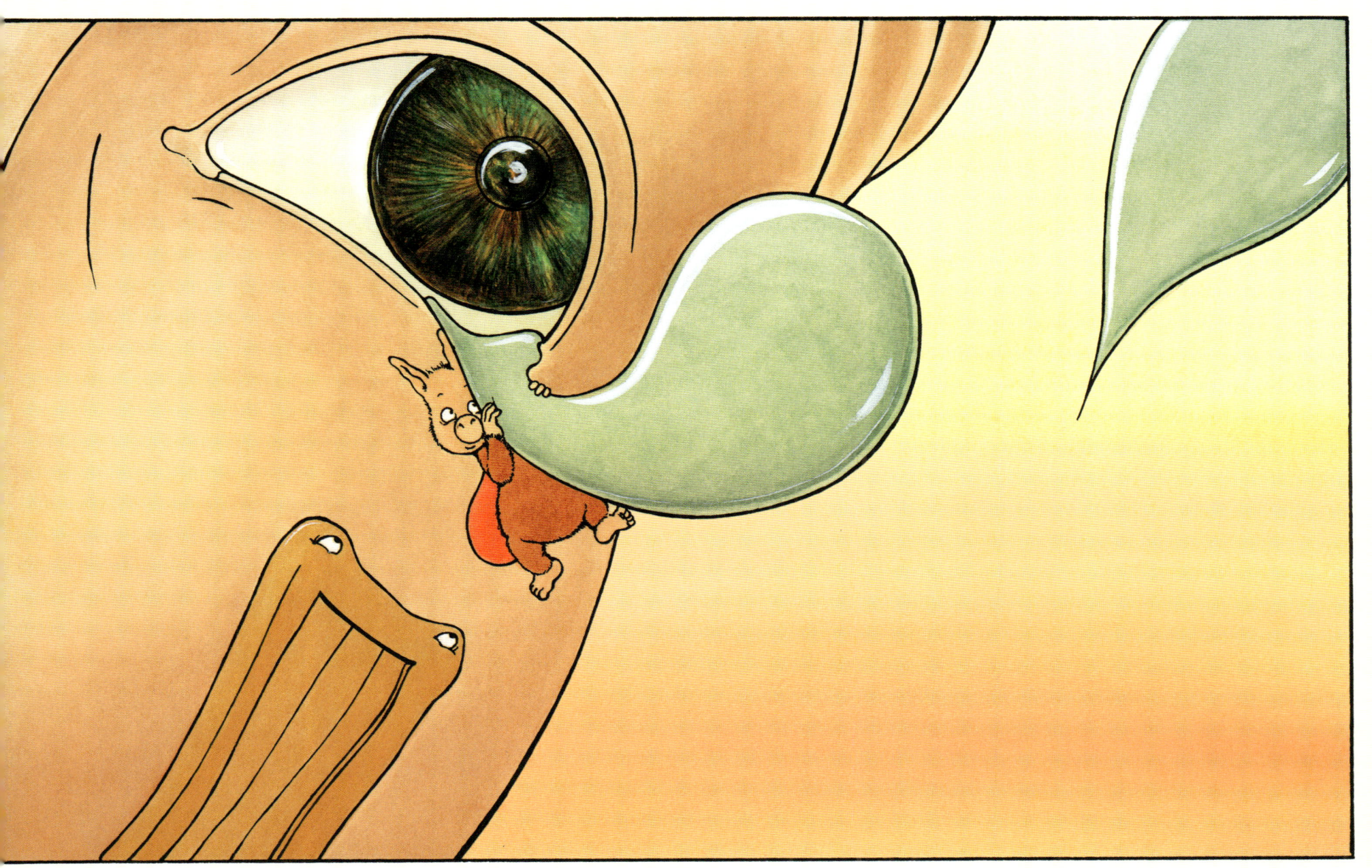

… le seul moyen d'attraper les larmes légères qui s'envolent sans prendre le temps de tomber. Et l'Eugénie des Larmes l'a bien dit : après l'écaille, il faut s'envoler.

De ses immenses doigts fins, la statue géante a lié les larmes comme des ballons. C'est sa manière à elle d'aider Bâbe et Schmélele. Et c'est ainsi qu'ils volent au-dessus du pays des nuages, emportés par la brise.

Schmélele croise ses parents. Ils ont un nouveau travail. Ils sont peintrenciels tous les deux. Ils ont suivi le même chemin que Schmélele, mais il ne les a pas vus. Ils sont restés petits longtemps, avant de redevenir grands.

Schmélele rencontre des Allumignons…

… puis il reconnaît les toits des maisons de son quartier.

Les larmes légères descendent pour déposer Bâbe et Schmélele sur les ruines de leur ancienne maison.

Schmélele plante l'écaille de la carpe, l'arrose avec la larme du fond du cœur et tout à coup, en moins de temps qu'il ne faut pour le lire, une nouvelle...

... maison pousse, plus grande et plus belle que la précédente. « Je ne savais pas que c'était comme ça qu'on construisait les maisons ! » dit Schmélele à Bâbe qui occupe déjà sa nouvelle place de Porte d'Honneur d'Entrée Principale.

Dans cette nouvelle maison, il y a une maison pour les invités et les amis, une maison pour les parents et une maison pour Schmélele et ses frères et sœurs s'il en a un jour.

Le soir même, Schmélele et ses parents font une fête et boivent un petit café de page onze, dans la position des trois Hérons-cendrés-de-retour-au-nid-sucré.